JN135561

青い空と向日葵

がん・ステージⅣからの☆奇跡☆

まぁりん

がんになったあなたへ

病気になってびっくりしたね
どうして
こんな病気になってしまったのだろう？って…
悲しくなって
のたうち回って
涙一杯ためて
落ち込んで…

わたしはそうだった
だってわたしはステージ4のがんだった

それも
婦人科のがんではかなりの確率で
死が目の前にせまっていた
根治不能の卵巣がんだった
でも
そんなひどい状況だと知ったのは
かなりあとだった
ステージ4だなんて
そんなそんな恐ろしいこと聞けなかった
誰かがわたしに知らせてくれたのかもしれない
そんな記憶もなくて…
冷静にステージ4を意識できたのって
ここ最近なのかも知れない
そのくらいわたしは現実を受け止めるのが
怖くて　恐ろしくて　臆病で小心者だった

卵巣がんがそんなに難しいがんだとは知らなかった
いや怖くて耳に栓をしていたのかもしれない
今　やっと振り返ることができることとしたら
今の卵巣がんは
がんの中でも抗がん剤が効きやすいがんだということ
確かにわたしは死にもの狂いで努力をした
最初も　今も　担当のお医者様が
選んでくれた抗がん剤が
わたしに効いてくれたことも　大きい

自分一人の努力だけではなく
信じていたお医者様達のチカラ
そして
目には見えないわたしの強運…

今はそのように思える
わたしにできたのだから
わたし以外の人だって
大丈夫
絶対に大丈夫
気持ちをしっかり持って
今日一日も前に進んでほしい

考える間もなく
落ち込み悲しみを吹き飛ばすように
その時から
動いたこと
とにかく
とにかく
とにかく

何とかしよう
何とかしなきゃって
直す方法　探しに動いてた

それが今のわたしに繫がっている
だから
がんってわかったら　病気がわかったら
とにかく早く動いて欲しい…

わたしに連絡をくれてもいい
わたしがやってきた失敗談も含めて　すべての情報を
お伝えしたいから…

参考になること
あると思います
きっとあると思います
一人で苦しまないで
一人で悲しまないで
一人で泣かないで…
一人で思い込まないで…

わたしもいます
頼って構わないから

まえがき

～愛しきものへ

母親…
強くて強くて強くて…
でも
優しかった　美しかった
オシャレだった
話を聞いてくれた
母親の声が聞こえる
生きなさい　生きなさい

わたしのぶんまで　生きなさい…と
世の中で　一番わたしの愛する人
それはわたしの母親
わたしは　生きます

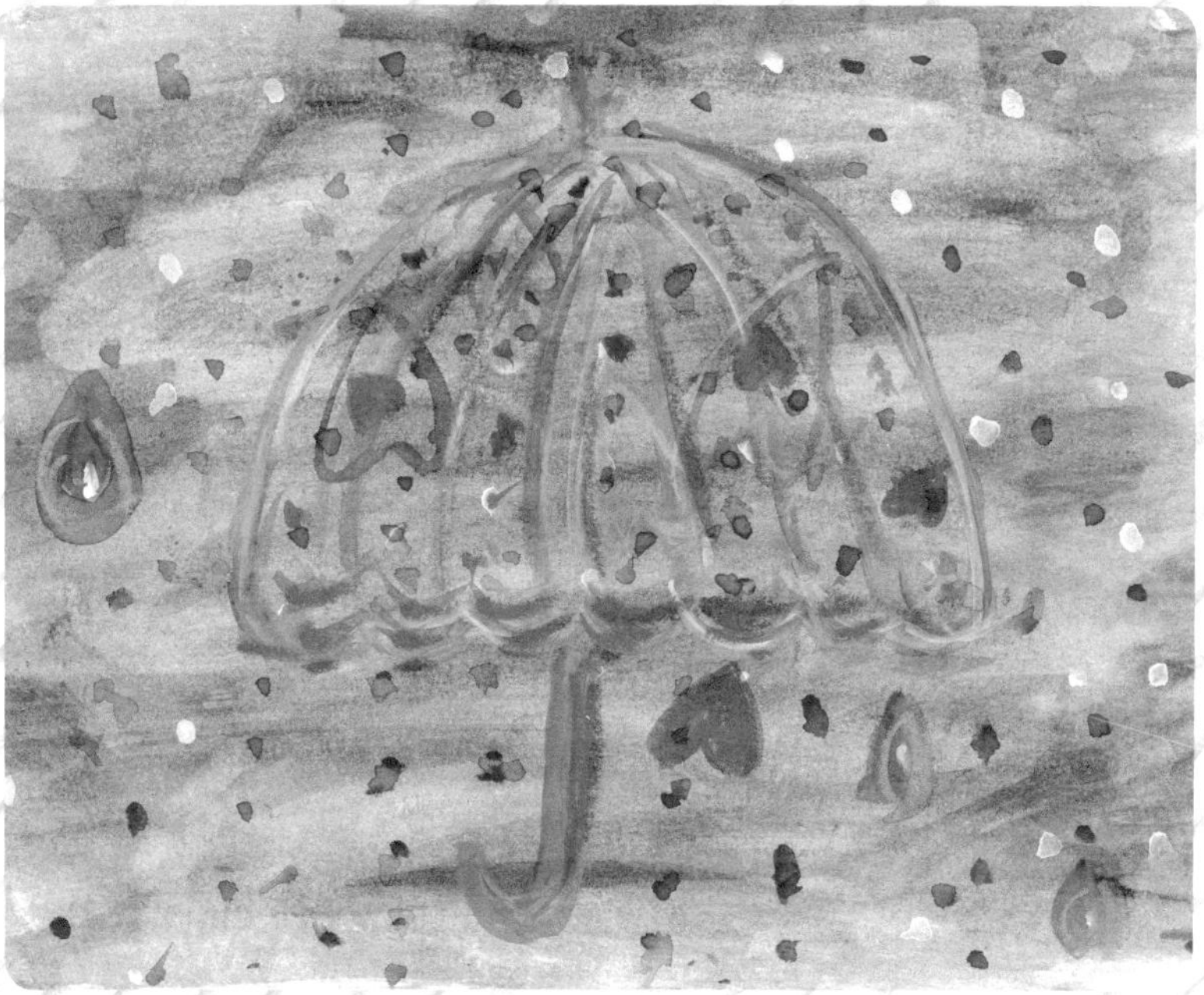

がんになって　わたしがみてきたもの

花

花屋に行った
目に入ったのは
向日葵
小さな向日葵が数本
大きな向日葵のそばで
隠れるようにこっちを見てた

そこで小さな向日葵を五本買って
花瓶に生けた
かすみ草も散りばめた
かすみ草に囲まれて

向日葵は美しさと優しさと強さを増した
まるで
「一緒に元気になりましょう」と
幸せを招き入れてくれているかのよう

向日葵の花言葉は
「あなたを幸せにする」
「あなたは素晴らしい」
これも向日葵の花言葉
「あなたを見つめる」
これもね

わたしは　あなたの向日葵になりたい

まさか　わたしが

まさか　わたしが
がんになってしまったなんて
まさか　わたしが

うそでしょう?
うそでしょう?
どうしよう
どうしよう

全くの想定外
心臓がドキドキ
目もキョロキョロ
いや　むしろうつろ…

そら

病室から外を見た
見上げたら　そらが見えた
青いそらだった
雲もあった
横を見たら　またそらが見えた
そらは広かった
手を広げたくなった
もっと上を見たら
そらが高くたかく見えた

いつでもそらは　広くて大きかった

そらを見たら　元気になれた

一面の青いそら
あまりの美しさに
倒れてしまいそうになった

キラキラとした
まるで光の絨毯《じゅうたん》を引きつめたような
エレベーター
そこに引き込まれてしまったら
ふわぁふわぁっと天に昇って
わたしは下界を見下ろすだろう

そして　魔法をかけるのだ
「病よ消え去れぇ」と

青い空

青い空を見上げていると
気持ちが晴れた

大きな　大きな　大きな
ココロの持ち主になった
つらいこともみんな飲み込んで
すべての人を明るく幸せにできるような
雄大な気持ちの持ち主になれる
そう思った

つらいときこそ　空を見に外に行こう

つらいときこそ　空を見上げよう
青い空を
元気をもらいに
外に出よう
わたしもそんな　空になります

抗がん剤 髪の毛

入院中　お医者様から説明を受けた
「抗がん剤を使います
髪の毛は一回目の投与の後
二週間くらいから抜けはじめます
副作用があります」

やっぱり使うんだ　抗がん剤！
髪の毛　どれくらい抜けるのかなぁ
ドキドキ　ドキドキ

思わず　右手で左手首を触り　脈を取った
トントントン…
いつもより速いなぁ…

ココロが動く…

ええ～抗がん剤？
それって毒だよね？

不安な思いが胸に広まる

毒が身体に入る
髪の毛が抜ける　全部抜けてしまう
また　いずれ　生えてくるとしても
鏡の前に立ち　悲しくなった
この髪が抜ける

今まで　せっかく伸ばしてきたのに
腰まで伸ばした長い髪を　鏡の前でなでた
何度もなでた
涙が出た
流石に　涙が出た

九時消灯

看護師が病室の電気を消しに来た
九時消灯なのだという

まだ九時
当然　まだ眠れない

とりあえずカーテンを閉めて
静かにコソコソ
ベッドの上の小さな電気を点けた
携帯は見ることができた
本もかろうじて読める

でも目には良くないだろうなぁ
同室の患者様
わたしの灯りで眠れなくならないかなぁ

気になりだしたら　止まらなくなった
わたしはベッドから立ち上がり
面会室のテレビの前に向かった

ここにいよう　眠たくなるまで
ささやかながらも
病院に居場所があって嬉しかった

安らぎ

ウィッグを探しに
友人が紹介してくれた
美容室に行った

すると…
すぐに美容師の彼女が言った
「わたしもがんなの
今でも治療中なの
抜けなかったけどね　髪の毛」

えー？　今なんて？　どういうこと？
少し考えてみると
「あ　そういうことね」
と　答えが出てきた

彼女の使っていた抗がん剤は
髪の毛が抜けない抗がん剤だった

彼女からウイッグの説明を受けた
他人に
「あの人は抗がん剤を使っている
がん患者なんだ」
と思われたくないわたしの気持ちを
わかってくれた
だから他のお客様に気付かれないように
奥の部屋で説明をしてくれた

「ここに来てよかった」
そう思った
頑張っていこうと　強く強く思った
そして少しだけ　心が安らいだ

眠れない

夜　眠れなくて
不安になった
家だと眠れるのに
病院だと眠れない

まだまだ若い頃
アトピー性皮膚炎で眠れなくなったことがあった
その時お世話になった
皮膚科の先生の言葉を思い出した

「眠れなくても死なないよ

疲れていないから眠れないんだよ」

疲れ？
そうなんだぁ
横になってしばらくしたら
朝になっていた

少しは眠れた
「よし　続きは日中に寝よう」
起きていることに疲れたら　寝てしまうから…

お願い

「具合が悪いので　静かにしてもらえませんか?」

わたしからは言えないなぁ

ナースを呼ぼう
ナースにお願いしよう
わたしの気持ちを伝えてほしいと

病気の話が耳に入ってくる
嫌でも「わたしはどうなるの?」
と　気になってしまう
だから　個室に入りたいと思った

それが無理なら「我慢しなきゃ」と思った

耳栓をしよう　そうだ　そうしよう…
売店に耳栓を買いに行った

個室の数増やしてほしいなぁ
一人になりたいなぁ…
好きな本を枕元に置いて…

いま　できること

動かなきゃ
助かる方法を探すため
わたしは必死に動き始めた

わたしは卵巣がん　末期に近い？
まだ死ねないよぉ…
まだ子供と一緒にいたい…
会社も　守らなきゃいけない
わたしには　まだまだ　することがいっぱいある
だから　何とかする方法　探さなきゃ

一刻も早く　一刻も早く　探さなきゃ
わたしの命はわたしが守らなきゃ
愛する人のために
できることがきっとあるはず
調べよう　調べよう　動かなきゃ

さっそくネットで調べた
携帯を使って　卵巣がんについて調べた
いろいろな情報がたくさん　次から次へと見つかった

わたしに必要な情報はどれ？　どこにある？
これ必要？　これは？
走った　走った　情報を探しに

焦りに追い立てられながら
走った　動いた　動いた
一分一秒　ムダにできない
とにかく動いた
友人にも連絡した
すぐに連絡をして情報と協力を求めた

まだ死にたくない　まだ死ねない…

わたしは頑張ります　わたしは頑張ります

ハンバーガー

「食べられるもの　ありますか？」
看護師さんに聞かれた
わたしは抗がん剤の副作用ど真ん中
吐き気がある
少しだけ　味がわかりづらい
考えたら悲しくなった

でもおなかがすく　おなかは元気だ

ある日　ハンバーガーが食べたくなった
厚く大きなエビカツバーガー

とにかく大きいのが食べたくなった
まだ　まだ　生きられる
大丈夫
やっぱりわたしはいやしかった

子どもの頃
風邪をひいたわたしに
母が言ってくれたことを思い出した
「貴方はいやしいから心配ない」
そう言って母は笑っていた

エビカツバーガーをかぶりつく
病院食と違い　外の世界の味がした
ポテトは無理だったが
ハンバーガーだけは食べられた
美味しかったぁ・・・完食

田中先生

わたしの主治医の田中先生

初めて会ったのは
入院当日のナースステーションの前だった
まぁるいお顔に
まるでスマイルの絵を描いたような優しい目
わたしの脳裏に
田中先生の優しいイメージが焼きついた

先生　優しくしてね
先生　わたしのこと　お願いね

そう思いながら
病室に向かった

病院とのご縁
そこで出会ったお医者様との信頼関係
そこがまずはスタートになりました

五年が過ぎた現在も
わたしは田中先生に診ていただいています

祈り

足が動かない
「自分は大丈夫だろうか」と
気持ちもふさぎ込む

辛い時は目を閉じて
ひたすら祈った
神様お願い　わたしを助けて　と

あるとき　ふと気づいた
この世の中には　わたしよりもっともっと
辛い思いをしている人がいる

わたしには守らなきゃいけないものがある
仕事も　家族も

だから　負けちゃいけない
自分に負けちゃいけない

「わたしは勝てる
絶対に病気に勝てる」
そう言い聞かせた

退院

一月から始まった治療は
その年の十一月に終わった
同室の人とも仲良くなった
先生や看護師さんとも仲良くできた

でも
いちばんの思いは
「二度とここには来たくない」
ということだった

先生や看護師さんには
いっぱい感謝しているけれど
自分はもう　ここには来ないと決めた

足がフラフラした
身体もフラフラした
心もフラフラした

病院と外の世界のクウキの重さは
これほどまでに違うのかと
つくづく感じた

家がいい
自分の部屋がいい
我が家がいい

改めて　家族のありがたみを感じた
これは　病気が教えてくれたこと

たくさんたくさん　ありがとう

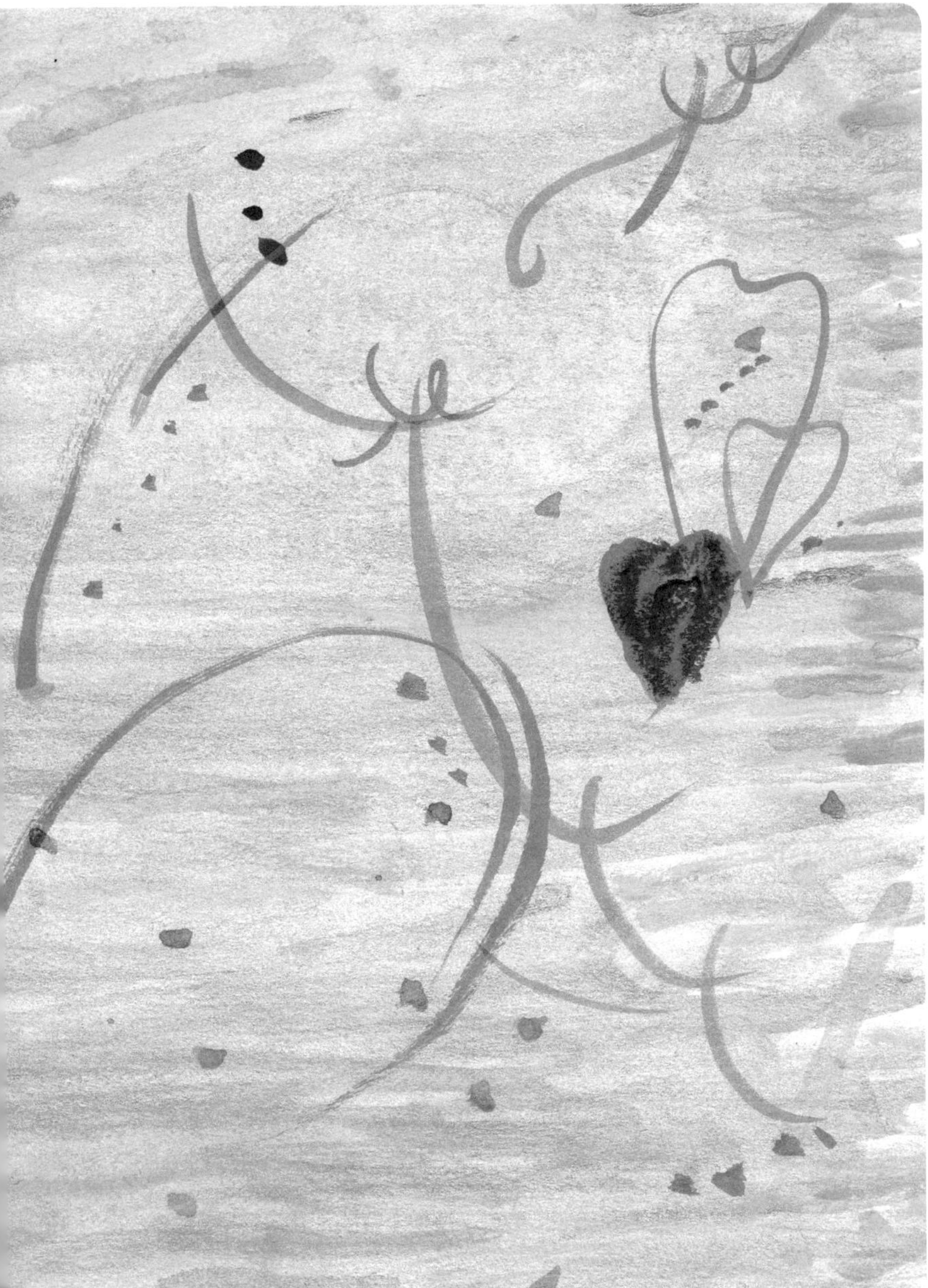

がんになった
わたしが伝えたいこと

伝えたい　体のこと

がんを乗り越えてから　五年
五年　生きられたわたし
日々気を付けていることがいくつかある

一つめは「頭寒足熱」
特に腰から下を温めている
冬はカイロを手放さない
もちろん忘れる事もあるけれど

二つめは「運動すること」
代謝を上げて体温を上げるために
身体を動かす
がんは熱に弱く　低体温を好むから

三つめは「バランスの良い食事」
当初　わたしは色々なサプリメントを試した
結果たどり着いたのは
サプリメントに頼ることではなく
バランスのとれた食事だった

わたしのイチオシはヨーグルト
腸内環境を整えた結果
肌が綺麗になり免疫細胞が活性化
なんと重度のアトピーまできれいに治った

錆びない身体を作るため　ビタミンもとる
ビタミンCとビタミンEには抗酸化作用がある

そして　亜鉛
抗がん剤の副作用で　味覚障がいが出た
その時　亜鉛が役立つことを知った
食事が取れないときは
サプリメントで亜鉛を補給した

伝えたい　薬のこと

いまわたしは必要な栄養を食事で補いながら
ゆっくり噛んで食べることを意識している

大事なのは便秘をしないこと
家の中に古いゴミが溜まると悪臭が出るでしょ
人の身体も同じこと
便秘になり　血流がわるくなると
毒がたまってしまう

もう一つ大事なのは
必要最低限のお薬しか飲まないこと
お医者さまと相談しながら
心配にならないように　飲みすぎないように
お薬と付き合っていってほしい

最後に　もっとも大事なことは「気持ちの持ち方」

できるだけプラス思考になること
できるだけ怒らないこと
できるだけ許すこと
自分だけが被害者ではないと思うこと
できるだけ気にしないこと
気にしても切り替えを早くすること
自分に優しくすること

なんでもできるだけ・・・

そしてがんに勝つために必要なのは
まずはがんについて勉強すること
がんは温めるとよいことも
わたしは入院中に知った

生きることって

先日友人のラジオ番組に出演した
そこで最後に聞かれたことが印象的だった
「まぁりんにとって生きることって
なぁに？」

生きること…
カッコつけたって仕方ない…
そのまんまズバリ…

「今を大切にすること」

わたしはそう答えた
ラジオの収録が終わってあれこれ振り返ったけれど
この答えだけは今も変わらない

あえて付け加えるなら
「感謝」という言葉かなぁ　とも思う
日々　今があることに感謝をして
大切に一日を生きること
命はいつか必ず終わる
死は怖くない

できるだけ
後悔しない一日を
自分として送ろうと思っている

未来へ

今日一日が終わった
眠れなくて悲しい一日だったけれど

今日一日が終わった
不安で一杯になって
ココロが壊れちゃいそうだったけれど

今日一日が終わった
他人の言葉が
ココロに刺さり中々抜けなくて
悲しかった　相手を責めたくなった

今日も一日が終わった
綺麗な景色を見て癒された
青い空も雲も近くの花々も
綺麗だった
みんな　みんな綺麗だった

今日も一日が終わった
本を読んだら癒された
絵を見たら癒された
音楽を聴いていたら癒された
ベッドに横になっていたら
癒された
気がついたら朝だった

今日　一日が終わった
今日も一日が終わった
だから
明日が来る
未来が来る
自分の都合のいい
わたしだけの明日がくる
自分の描いたシナリオ通りの
わたしだけのステキな未来が来る

今日も一日が終わった
綺麗な景色を見られた
感動した

今日も一日が終わった
明日が来た

嬉しかった
生きてる
生きてる
生きてる

今日も一日が終わった
あとは
すべてが未来…
キラキラ眩しいくらいの太陽が私を照らしている
生きてる
生きてる
あたりまえのことだけど感動する
みんな　みんなありがとう
そんな気持ちになれるのが私の未来…

すべての人へのメッセージ

わたし　まぁりんは　今から五年前、卵巣がんステージ四のほぼ末期状態だった。

当時の看護師の話によると、「あと一週間遅かったら助からなかっただろう・・・」とのこと。

そのくらいわたしの身体はがんに侵されていた。ちょうど新しい年が明け十日くらいのことだった。

二つの卵巣には　がん　はもちろんのこと、腹水が貯まり、さらに肺には小さながん、そして胸水があった。セキも止まらず、熱もあった。

思い起こせば仕事に夢中になっていたわたし。

わたしは、数々の身体のＳＯＳを無視していた。

まさか　わたしが　がんの世界に・・・

のたうちまわるくらい、心の中で落ち込んだ。

今から思えば、そこまで大きくなるまでがんと共存し、日々暮らしていたなんて、ぞっとしてしまう。

当時のわたしはすぐに手術ができない状態だったうえに、抗がん剤も効いてくれるかどうか、わからない状況だった。

そんな中、わたしは必死になって生きるための方法、いや、がんを無くする方法を模索しはじめた。

お医者様から、身体の現状を聞き、病室に戻ろうとして立ち上がった。

その時からわたしは動いた。必死に動いた。

ある時、インターネットで「患部を温めるのがいい、身体を温め血流を良くするのがいい」。そんな情報を得た。

これだぁ。やってみよう。すぐに電器店に行った。あんかと足温器を買った。薬局に行きカイロも買った。

結果、抗がん剤と自身の努力の力で、がんは手術ができるくらいの大きさになった。

治療から一カ月で腹水・胸水・肺の小さながんが身体の中から消えてなく

なった。
がんを無くするために、わたしは努力しました。とにかく努力しました。
今迄の人生で一番頑張りました。と。
お医者様にお伝えしました。
本当は全てのがんを消したかったけどそれは流石に叶いませんでしたが
・・・

あれから五年が過ぎ、また新しい年を迎えることができた今、わたしは今までで一番元気で、日々飛び回って仕事をしたり、趣味の読書会、マラソンサークル、スイミングをしたりと奔走している。
もちろん身体の見える所にはがんがいない・・・
ありがたいと思う。日々ありがたいと思う
改めてわたしを支えてくれている全て方々に
こころから感謝致します。ありがとうございます。
そして
これからも宜しくお願い致します。

看護師の橋本様より

長期に渡る治療が終わりました。本当にお疲れさまでした！

病気と闘い、仕事もこなし、家族との関係も調整し、すばらしいエネルギーで頑張ってこられましたね。わたしたちも沢山学ばせていただきました。今後もほぼ一生？　病院とは離れずに生活されると思いますが、しばらくは病気のことは忘れるように（ただし無理はせずに定期受診は忘れずに）お過ごしください。

今後まだ治療の副作用は続くと思いますので、身体を冷やさないよう、感染に注意されてお過ごしくださいね。また今後は蛋白質、ビタミンを中心に、油物は控えめに取りましょう。水分は今まで通り一日一リットル以上は頑張って取りましょう。

おわりに

最後まで
読んで下さった読者様
ありがとうございました。

この本を作成するにあたり
わたしの後押しをして下さった
全てのステキな素敵なお仲間達
本当にほんとうにありがとうございました。

一番最後に
私がこの本を作成するに当たり
初校を拝読したあと、

私の身体にはユーミンの
「やさしさに包まれたなら」の
メロディが流れて来ました。
そんな想いに読書様が少しでも
なって頂けることを
祈念したいと思います
全てのことはメッセージ…

少しでも皆さまのお役に立てることがあれば、
嬉しく思います。

平成三十年　十月吉日

まぁりん

佐々木まぁり子

北海道岩見沢市生まれ
北海道教育大学附属釧路小学校入学
入学前から絵が好きで習っていた。
今でも小学校一年生当時、描いた母の自画像を鮮明に覚えている。

平成二五年一月、卵巣がんの診断を受ける。その後回復し、今に至る
現在は自身で訪問介護事業所を経営。日々奔走している。

好きな作家・影響を受けた人たち
葉祥明（絵本作家）　谷川俊太郎　いわさきちひろ
マザーテレサ　俵万智

青《あお》い空《そら》と向日葵《ひまわり》

がん・ステージⅣ《フォー》からの☆奇跡《きせき》☆

2018年11月4日　初版第1刷

著者　まぁりん

発行人　松崎義行

発行　ポエムピース

東京都杉並区高円寺南4-26-5 YSビル3F 〒166-0003
TEL03-5913-9172　FAX03-5913-8011

印刷・製本　株式会社上野印刷所

編集　古川奈央
装幀　堀川さゆり

ISBN978-4-908827-46-4 C0095